안부를 묻는

마음으로 —

2023 가을

온모든 드림.

감미롭고 간절한

감미롭고 간절한

은모든

위즈덤하우스

'여행은 날씨가 반'이라는 말을 기준으로 한다면 이번 여행은 이미 절반쯤 성공한 셈이었다. 성공이라는 말은 턱을 쳐든 채 멀고 높은 곳에 버티고 선 누군가를 연상시켰고, 거듭 되뇌자 두 개의 이응 받침이 제자리를 빠져나와 사방으로 튀어 오르는 것만 같았다. 춘천역 앞으로 보이는 가로수와 낮은 건물 너머로, 환하게 웃으며 걸어오는 은하의 앞까지.

 나는 은하를 향해 손을 흔들면서

선글라스를 챙겨 올 것을 그랬다고 후회했다. ITX를 탄 시간은 고작 한 시간에 불과하니 보나 마나 눈두덩은 아직 조금 부어 있을 것이다. 그나마 오랜만에 만나는 사람이 은하라서 다행이었다. 은하라면 그 점을 호들갑스럽게 알은척하지는 않으리라고 예상했고 실제로도 그랬다.

"민주야, 이게 얼마 만이야!"

양팔을 벌린 채 달려온 은하가 내 어깨를 끌어안았지만 나는 은하의 몸에 팔을 두르지 못하고 엉거주춤한 자세로 있었다. 우리는 이전에 곧잘 팔짱을 낀 채로 걷고는 했다. 하지만 만나자마자 와락 껴안으며 포옹을 한 적은 한 번도 없었다. 그러니 이 포옹은 은하가 시드니에서 보낸 시간의 작용임이 분명했다.

시드니에 막 도착했을 때부터 은하는

내게 꼭 한번 놀러 오라고 했다. 너 산책
좋아하잖아. 여기 네가 좋아할 만한 공원이
정말 많아. 맥주 마시면서 최고의 노을을 볼
수 있는 데를 봐뒀어. 같이 오페라하우스에도
한번 가봐야지. 새해 불꽃놀이부터 거의
매달 축제가 있으니까, 언제든 와. 내가
안내할게. 그럴 때마다 물론이라고, 혼자라면
갈 엄두가 안 날 텐데 네가 있으니 안심이
된다고, 여유가 생기면 꼭 연락하겠다고
대답했다. 메시지를 주고받을 때도, 이따금
줌으로 얼굴을 보며 이야기를 나눌 때도 나는
늘 그렇게 말했다. 문제는 내가 가진 여유
시간과 돈이 길어야 2박 3일쯤의 여행을
감행할 규모에서 멈춰 좀처럼 늘지 않는다는
점이었다.

　　"너를 여기서 만나게 될 줄이야" 나는
좀 울컥했다. "너 정말 여기 살 거야? 춘천에

누구 아는 사람이라도 있어?"

"한두 명? 그 정도가 좋아서 춘천에서 살아볼까 하는 거야."

습관적으로 고개를 끄덕거렸지만 나는 은하에게 뭔가 세상 사람들을 피하고만 싶은 일이라도 일어난 것은 아닌가 하는 불안감이 차올라 마른침을 삼켰다. 다행히 호텔까지 걸어가자는 은하의 표정은 어둡지 않았다.

"사실 꼭 춘천이 아니어도 돼. 처음에는 속초도 좋겠다 싶었거든." 은하가 말했다.

"속초에도 아는 사람은 별로 없고?"

"응. 어디든 살다 보면 아는 사람이야 생기겠지만 그건 나중 일이니까. 서울처럼 어딜 가나 붐비지 않아서 좋고, 우리 가족이랑 친척도 없으니까 더 좋고."

그 순간 내 입에서는 아, 하는 감탄사가

비어져 나왔다. 서른이 넘어서 다시 본가에 들어가 사는 일은 일종의 수행과 같더라며 고개를 젓던 직장 동료의 지친 얼굴이 떠올랐다. 결혼 압박만 받아도 그럴진대 하물며 8년 가까운 시간을 외국에서 보내다 본가로 돌아간 은하의 사정을 생각하면, 아예 서울을 떠날 마음이 드는 것도 무리는 아니지 싶었다. 은하는 지도 앱에서 호텔로 향하는 방향을 한 번 더 확인하더니 이미 귀국하기 전부터 본가에서는 못 살겠다는 결론을 내렸다고 이야기했다.

"누구 때문인지 빤하다."

"맞아, 오빠가 일등 공신이야." 은하가 한숨을 쉬었다. "그런데 이번에는 오빠가 빤하게 안 굴고 머리를 썼어."

"뭐? 뭘 써? 머리를? 니네 오빠가?"

점점 더 커지는 내 목소리에 은하는

웃음을 터뜨렸다. 창고형 할인 매장과
타이어 판매점, 연립 주택이 띄엄띄엄 보이는
대로를 울리는 웃음소리가 듣기 좋아서 나는
불이 꺼질 만하면 장작을 더해 넣는 사람처럼
웃음이 잦아들 만하면 계속 그럴 수가 없다고,
없는 것을 어떻게 쓸 수 있느냐고 너스레를
떨었다. 분명 남다른 말재간이 있는 편은
아닌데 예전부터 별것 아닌 우스갯소리에도
박장대소하는 은하 앞에서만은 자신감이
붙었다. 언제였던가. 아마도 우리가 아직
교복을 입고 있던 시절에 은하는 내가 던진
농담에 배를 쥐며 주저앉더니 이제 제발 그만
웃기라고, 살려달라고 말한 적도 있었다.

"진짜야." 은하가 겨우 말을 이었다. "내가
돌아올까 말까 고민할 때까지는 얌전히
있더니 비행기표 끊었다니까 돌변했거든."

"어떻게?"

이제라도 정신을 차려서 다행이라는 훈계조의 일갈을 시작으로 오빠는 은하에게 다양한 메시지를 보내왔다고 했다. 경제지에 난 기사의 주소를 링크하거나 유튜브 화면을 캡처한 사진을 근거로 덧붙일 때도 있었는데, 결론은 한 가지. 너는 요즘 한국 상황이 얼마나 살벌한지 파악이 안 돼 있다는 것이었다. 그동안 집값이 어떤 그래프를 그리며 요동쳤고, 취업 시장은 또 얼마나 더 얼어붙었는지, 서울에서 살아남기가 얼마만큼 벅찬지 전부 다.

하지만 서울에서 나고 자라 바로 그런 치열함에 지쳐 떠났던 은하로서는 오빠의 언동이 새삼스러워 보였다. 한편으로는 다소 안쓰러운 마음도 들었다.

"안쓰러워?" 내 목소리가 뒤집어졌다.

"어떻게 보면 우리는 사회생활 하면서 쭉

피부로 느꼈던 거를 오빠는 뒤늦게 겪느라 충격이 컸나 보다 싶기도 했거든"

호텔 방 안에 들어서자마자 나는 습관처럼 침대에 드러누워서 은하의 오빠가 공무원 시험에 매달렸던 시간을 셈해보았다. 그가 처음 7급 시험에 응시했을 즈음에는 주변에도 같은 시험을 준비하는 사람이 발에 채었다. 과장을 조금 보태면 동창 중에도 두세 명 가운데 한 명은 공무원 시험을 준비하고 있었으니까. 반면 은하의 오빠가 뒤늦게 7급에서 9급 시험으로 노선을 틀고도 4년이 지나 포기를 선언했던 재작년에는 물가 상승으로 인해 공무원의 인기가 예전만 못해졌다는 이야기를 심심치 않게 들을 수 있었다.

그가 만약 내 오빠라면 과연 내 입에서도 딱하다는 말이 나올 수 있을까. 나는 도리질

쳤다. 실용음악과 진학 의사를 내비치자마자
어쩌면 그렇게 이기적이냐고 매도하던 부모가,
오빠에게는 오랜 인내와 지원을 아끼지
않았다는 사실만으로도 속이 뒤틀렸을
것이다. 게다가 얼마 전까지만 해도 은하에게
틈틈이 5만 원씩 빌려 쓰며 굽실거리던
주제에 어느새 훈계질이라니. 나라면 뒷골이
당겼으련만 안쓰럽다니. 은하의 마음
씀씀이에 새삼스레 감탄이 나왔다. 피곤하면
누워 있으라며 혼자 짐을 푸는 뒷모습을
지켜보면서 '내 마음은 호수요'라는 시구절이
떠오르기도 했다. 시의 뒷부분이 어떻게
이어지는지는 기억나지 않지만 어쨌든 은하의
마음은 호수 같았고, 그러니 호반의 도시와
썩 잘 맞는 사람인지도 모른다는 데 생각이
미쳤다.

　　"여기 가격대가 좀 있는 거 아니야?"

베란다 문을 연 은하가 이리 와보라며 내게
손짓했다. "호수도 보이고, 산도 보이는데!"

"괜찮지? 레고 랜드 덕분에 호텔이 좀
늘었대. 대신 이 근방에 아직도 뭘 많이
지어서 낮에는 공사 소리가 좀 난다던데?"

"아, 레고 랜드." 은하가 고개를 끄덕였다.
"나도 게하 주인한테 얘기 들었어. 문제가 좀
많은가 보더라."

11월에 접어들었지만 바람이 불지 않는
날이라 외투를 걸치지 않고도 베란다에
서 있을 만했다. 은하가 양팔을 쭉 뻗어
기지개를 켰다. 베란다에 의자가 있었으면
내일 아침에 모닝커피 한잔하기 좋았을 것
같았다. 그러나 내가 안타까움을 표한 지
몇 초 지나지 않아 예의 그 공사 소음이
들려왔으므로 은하는 아쉬워할 것 없다며 내
어깨를 두드렸다.

방으로 들어와서 유리창을 꼭 닫아도
공사 소음은 완벽하게 차단되지 않았다.
은하는 이렇게 된 거 바로 나가자고 했다.
말은 그렇게 하면서도 어째서인지 외투를
걸어두고 왔는데 손에는 일회용 슬리퍼가
들려 있었다. 그 순간 내 입에서는 이런 말이
나왔다.

　　"훈이 있잖아, 걔 고향이 춘천이었어."

　　"훈이? 그게 누군데?"

　　"기억 안 나?" 슬리퍼를 받은 나는 발을
꿰다 말고 은하를 올려다보았다. "네가 먼저
알았었잖아. 옛날에 메모리즈에서 같이
알바했던 애."

　　"아, 그 사람!" 은하의 얼굴에 미소가
감돌았다. "그럼 춘천은 네 엑스 고향이구나."

　　"아이고, 이 대사도 참 오랜만에 해본다."
나는 한숨 섞인 목소리로 투덜거렸다. "나

개랑 사귄 거 아니야. 그냥 좀 같이 다녔었던
거지."

"그때 성지가 뭐랬더라. 아, 요즘 네가
입만 열면 훈이 얘기한다고 그랬어."

"했으면 뭐. 그건 순전히 규철 매직이야.
알잖아. 규철이 그 인간 옆에 있으면 평범한
남자도 다 착실하고 참해 보이는 거. 뭐,
솔직히 훈이 걔가 외모는 좀 내 취향이기도
했고."

"낭창낭창하기는 했지." 은하가 웃었다.

"그래. 그때 걔 껍데기는 진짜 괜찮았어.
그렇게 뽀얀 스웨터 같은 거 어울리기
쉽지 않잖아. 인터넷에서 아이돌 누구보고
그러던데, 들은 적 있어? 껍데기는 남고,
알맹이는 가라! 걔도 딱 그런 느낌이었지."

냉장고에서 꺼낸 생수병에 입을 대고
마시던 은하는 껍데기라는 말이 나오면서부터

웃기 시작하더니 더 웃기지 말라는 듯
오른손을 황급히 뻗어서 내저었다. 그러고는
시간을 확인했다. 케이블카를 타기 위해서는
이제 그만 움직이는 게 좋겠다면서 내 앞으로
온 은하는 끌어당겨줄 테니 일어나라는 듯
팔을 쭉 내밀었다.

"하긴, 요즘은 해가 너무 금방 져." 나는
은하의 손을 붙잡고 침대에서 몸을 일으킨
후에 "30초만!" 하고서 욕실로 들어갔다.
눈두덩의 부기는 이제 거의 가라앉은
상태였다.

케이블카 탑승장으로 향하는 택시
안에서는 이름 모를 가곡이 흘러나왔다.
처음 듣는 곡인지 전에 들어본 적 있는지
확신할 수 없었는데, 보컬의 성량과 스타일로
가곡이라는 사실만은 눈치챌 수 있었다.

은하가 가을에 듣기 좋은 곡이라고 알은체를
하자 50대 후반쯤 되어 보이는 기사는 살짝
잠긴 듯한 목소리로 "손님이 음악을 좀
아시네!" 하고 반겼다. 그녀는 우리 둘이 모두
외지 사람인 데다가 은하가 귀국한 지 얼마
되지 않았다는 이야기를 듣고는 하나라도 더
알려 주어야겠다는 태도로 질문과 정보를
쏟아냈다. 전 같으면 이런 상황에서 창밖으로
시선을 고정한 채 들릴 듯 말 듯한 목소리로
네, 네 하는 기계적인 대답만 연발했을 은하는
그녀의 말에 적극적으로 맞장구를 치고
질문을 던지기도 했다.

　둘의 대화를 통해 나는 소도시를
뚜벅이로 여행하려면 우선 그 도시에서
택시를 부를 때 앱이 빠른지 콜택시가
빠른지부터 파악하면 좋다는 사실을 알게
되었다. 기사는 코로나 이후에 택시의 대수가

줄었으니 아예 숙소에 체크인을 할 때 콜택시 번호부터 물어봐두라고 강조했다. 그런 다음에는 우리의 오늘 저녁 메뉴를 물었는데, 닭갈비와 막국수 중에 고민이라는 은하의 대답을 듣자 닭갈비를 먹으라고 정해주었다. 그래야 머리와 옷에 배는 냄새를 밤사이에 좀 뺄 수 있다는 것이었다. 은하가 닭갈비 집을 추천해달라고 청하자 흔쾌히 그러마고 했다. 외지 사람들은 숯불 쪽을 선호하는 모양이지만 자기는 철판이 좋다면서 몇몇 식당의 이름을 댔는데, 계육의 질은 기본이고, 양념의 간을 따져 고른 곳이라고 강조했다. 관광객 위주로 하는 곳은 첫입은 괜찮아도 먹을수록 짜서 영 못쓴다면서.

"닭갈비라는 건 고약하게 맵고 짠 음식이 아니야. 한 입 먹고 나면 뒷맛에 생강 향이 은은하게 싸악 감돌아야 되는 거거든."

"생강 향이요?" 은하가 되물었다.

"응, 재밌는 게, 외지 사람들은 그거를 카레 맛이 난다고 느끼더라고? 근데 닭갈비에 원래 카레가 들어가는 건 아니에요. 요즘에야 넣는 데가 있는지 모르겠지만. 아무튼 어디든 아니겠냐마는 강원도 요리도 간이 중요해. 워낙 예전부터 장에 신경을 많이 써서 먹은 데니까. 내가 이거 택시 하기 전에는 말이야, 집에서 청국장을 일주일에 두 번씩 띄우고 살았어. 우리 딸이 요즘에는 좋아하는데, 어릴 때는 아주 질색을 했어. 아이고! 이렇게 자꾸 처음 보는 손님한테 말 놓으면 안 된다고, 그런 세상이 아니라고 그랬는데 또 깜빡했네. 미안해요, 아가씨들"

은하가 괜찮다며 손사래를 쳤다. 기사는 자기 딸 또래라서 그렇게 되었다며 웃더니 내릴 채비를 하는 우리에게 모쪼록 춘천에서

어디에 들르든 즐겁게, 안전하게 있다 가라고
말했다.

"털끝 하나도 다치지 말고, 안전하게
있다가 가요." 기사가 한 번 더 강조했다.

"네, 기사님." 은하가 싹싹하게 대답했다.
"기사님도 안전 운행 하세요."

택시에서 내린 후에야 나는 주말이므로
케이블카의 입장권이 이미 매진되었으면
어쩌나 하는 뒤늦은 걱정을 했다. 다행히
표는 남아 있었고 심지어 대기 인원이 많지
않아서 6인승 케이블카 안에 은하와 단둘이
탈 수 있었다. 참사의 여파로 여느 주말보다
관광객이 줄었기 때문인지도 몰랐다. 이번 주
내내 잠을 설쳤다는 은하 앞에서 나는 굳이
참사에 관해 입 밖으로 내지는 않았다. 날이
훤할 때는 괜찮다가도 잠이 들 때쯤이면
참사 당일 밤과 이튿날에 접했던 영상의

잔상이 자꾸 떠오르는 모양이었다. 어제도 어지러운 꿈을 꿨느냐고 묻자 은하가 고개를 끄덕였다.

"아무래도 낯선 데서 혼자 누워 있다 보니까 더 그랬나 봐. 오늘은 괜찮을 거야."

"그럼!" 나는 쾌활하게 대답했다. "이따 나랑 막걸리도 한잔할 거잖아. 잠 잘 올 거야."

케이블카의 내부에 들어서자 블루투스 스피커를 사용할 수 있다는 안내 문구가 눈에 띄었다. 이런 기능이 있는 줄 알았으면 배경음악을 몇 곡 골라 올 것을 그랬다고 아쉬워하자 은하는 너른 호수를 둘러싼 산등성이가 한눈에 담기는 차창 밖을 가리키며 이곳의 경치를 보는 것으로 충분하지 않냐고 반문했다. 나는 쉽사리 고개를 끄덕일 수 없었는데 무엇보다 단풍의 빛깔이 예년만 못했기 때문이었다. 올해의

단풍잎은 맑고 또렷한 붉은빛이 아닌 대추
껍질처럼 칙칙한 붉은빛이 도드라졌다.
심술궂은 누군가가 한동안 볕이 들지 않는
곳에 묵혔다가 내놓은 듯한 색감의 산자락을
보며 나는 음악을 틀어달라고 다시금 졸랐다.

"그래, 그럼 뻔한 선곡이지만 춘천에
왔으니까."

기차의 경적으로 시작하는 곡이었다.
가수의 목소리에서는 세상을 향해 살금살금
발을 내딛는 듯한 수줍음이 묻어났다. 제목은
〈춘천가는 기차〉인데 자기도 참 오랜만에
듣는다고 은하가 말했다. 그러면서 호수의
테두리를 따라 구부러지며 길게 이어지는
데크 길을 내려다보았다.

"내일 아침에 저기를 한번 쭉 걸어보자.
되게 좋대. 이름도 들었는데 뭐였더라, 생각이
안 나네."

은하는 산책로의 이름을 기억해내려고 애쓰며 뭐였지, 하는 말을 반복했는데 나는 검색을 해볼 마음이 들지 않았다. 길의 이름이야 아무려면 어떤가 싶었던 것이다. 이렇게 높은 곳에 있을 때면, 그러니까 산 정상에 오르거나 전망대의 유리창에 코가 닿을 듯 가까이 서서 발밑을 내려다보면 잠시나마 만사가 별것 아닌 것처럼 느껴졌다. 전지전능한 존재의 시선을 상상하기도 했는데, 언젠가부터는 제법 구체적인 이미지를 떠올리게 되었다. 종일 모니터를 들여다보는 직장인처럼 구부정한 자세로 앉아서 하염없이 이 세상을 굽어보는 거대한 뒷모습. 설령 지상에서 일어나는 모든 일의 해답을 가지고 있는 존재는 없다고 하더라도 최소한 누군가 들여다보고는 있을 것 같았다. 어쩐지 그편이 자연스럽게 느껴졌다.

그러나 허밍으로 끝나가는 노래를 들으며 산 아래 작은 마을에 난 좁고 비스듬한 길이 눈에 들어왔을 때, 내내 지켜보기만 하는 일에 무슨 의미가 있는가 하는 반발심이 치밀어 올랐다. 상체를 기울이고 세상을 굽어보는 실루엣은 그럴듯해 보이지만 앞모습을 비추면 어떠한 일에도 개입할 의사가 없어서 굳게 팔짱을 낀 모습에 불과한 게 아닐까. 등받이를 쥔 손에 힘을 준 채 나는 숨을 깊이 들이쉬었다가 천천히 내뱉었다. 은하는 내 쪽으로 손을 뻗으면서 어지럽냐고 물었다. 나는 고개를 저었다. 다음 순간에는 잠시나마 엉뚱한 대상에게 분노했다는 자각이 들었다. 설명할 수 없는 일이 아니라 명확하게 설명할 수 있는 일, 얼마든지 막을 수 있었던 일이 일어난 것이다. 거대한 실루엣을 붙잡고 늘어지는 것은 일방적인 책임 전가에 지나지 않을 터였다.

이윽고 은하가 고른 두 번째 곡이
흘러나왔다. 한때 즐겨 듣던 곡이었지만
노래의 제목도, 곡을 부른 뮤지션도 나는 알지
못했다. 잊은 게 아니라 자주 듣던 시기에도
이 곡에 관해서라면 엷은 쇳소리가 섞인
나직한 음성으로 'I wanna be-'라고 반복하는
도입부로 기억하고 있었다. 끝없이 펼쳐진
풀밭 한가운데에 고개를 숙이고 선 소년이
입고 있었던 새하얀 셔츠도 떠올랐다. 은하는
이 곡이 <릴리 슈슈의 모든 것>이라는 영화의
삽입곡이었고, 메모리즈에서 마감을 할 때
곧잘 흘러나왔다고 말했다. "대표가 좋아하던
곡이었겠네" 하고 말하자 은하는 아니라고,
이 곡은 매니저 언니의 취향이었다고
정정해주었다.

메모리즈는 내가 20대 중반에서 후반으로 넘어가던 시기에 일했던 레스토랑으로 와인 매출에 기대어 운영하는 곳이었다. 와인 바가 흔해진 요즘 기준으로 보면 당시 그곳의 와인 리스트는 흔한 수준에 불과할 것이다. 그러나 그때만 해도 와인 애호가라고 자칭하는 사람들이 일부러 찾아갈 만한 레스토랑이 지금처럼 흔하지 않았다. 그전까지는 학교 앞 호프집에서 알바하며 팔이 저리고 어깨가 쑤시도록 맥주 조끼 잔을 날랐던 나 역시 처음에는 쇼비뇽 블랑이나 나파 밸리 같은 단어를 외우느라 어지러울 지경이었다.

　　사실 은하가 처음 권했을 때는 호프집 특유의 번잡한 활력에 적응이 된 데다 함께 일하는 사람들과도 꽤 정이 든 시점이어서 알바를 바꾸는 게 썩 내키지 않았다. 그러나

과장해서 말하는 법이 없는 은하가 바쁜 정도가 반의반에도 미치지 않는 곳이라며 알바 자리를 물려준다는데 시급마저 1000원이 더 높아서 놓칠 수 없었다. 은하는 와인에 관해서는 전혀 걱정할 게 없다고 못 박아 말했다. 와인 주문은 대부분 소믈리에 자격증도 가지고 있는 매니저가 직접 응대하기 때문이라고 했다.

매니저는 직접 얘기를 나눠보기 전까지는 정이 많은 사람이라는 점을 알아채기 힘든 다소 무뚝뚝한 인상에 차분하고 꼼꼼한 사람이었고, 대표는 전형적으로 산만한 기분파였다. 따라서 기본적으로 둘은 성격이 맞지 않았는데 다행히 두 사람이 함께 매장에 상주하는 일은 거의 없었다. 내가 면접을 치르고 온 날, 은하는 앞으로 세 가지만 명심하면 되리라고 일러주었다. 그중

첫 번째는 대표가 있으나 없으나, 설령 매장에 손님이 없는 시간에 오픈이나 마감 준비를 할 때도 음악 선곡에 주의해야 한다는 것이었다.

"마감할 때 듣는 음악까지 신경을 쓴단 말이야?"

"음악 하던 분이라 그런지, 그런 면에 좀 예민해. 유행가를 듣는 게 괴롭다더라고." 은하가 말했다. "자기 가게에서 벅스나 멜론 톱 100 트는 사람 있으면 바로 자를 거라고 했어."

처음으로 출근하던 날, 멜론 톱 100에 오른 노래를 들으며 지하철을 탔을 때 나는 가방에 든 유니폼이 구겨지지 않도록 자세를 고쳐 앉았다. 대표가 고집스럽게 구는 두 번째가 흰 유니폼 상의를 말끔하게 관리하는 것이라고 들었기 때문이었다. 속으로는 첫째가 음악, 둘째가 유니폼, 세

번째는 규철이라고 되뇌었다.

은하는 홀 서빙 알바생 중에서 '규철'이라는 사람을 주의할 필요가 있다며 퍽 장황한 설명을 늘어놓았다. 그 때문에 그만둔 알바생이 한 명 있는데 사실 당사자들 외에는 둘 사이에 구체적으로 어떤 일이 있었는지 알지 못하는 데다가 규철이 어디까지나 서로 오해가 있었다고 무척 억울한 듯 전했기 때문에 잘라 말하기는 힘들다고 했다. 또한 규철은 매니저와도 한차례 갈등이 있었고, 실은 갈등이라기보다 그가 일종의 하극상으로 성깔을 부린 것이기는 한 모양이나 이후에 눈물로 사과하여 용서받았기 때문에 지금은 관계가 괜찮아 보인다고 조심스럽게 덧붙이는 것이었다. 나는 웃음이 나왔다.

"너도 참, 그러니까 한마디로 정리하면 그 인간이 좀 양아치 같다는 거네?"

"그렇게까지 말하는 게 맞는지는 모르겠지만, 아무튼 그 오빠가 현금 가진 거 있냐고 물어보면 무조건 없다고 해야 돼."

"돈 문제까지 있어? 양아치 확정이네!"

"물어보는 게 뭐 5000원, 만 원 그 정도기는 한데, 그래서 딱 잘라 말하기가 더 미묘하기도 하고……."

말끝을 흐리는 은하에게 나는 미묘할 게 뭐가 있냐고 되물었다. 100원짜리 동전 하나 허투루 쓸 의사가 없건만 만 원이 미묘하다니. 첫 출근 후에 유니폼을 갈아입으면서는 계획대로 내년에 어학연수를 감행하기 위해 모아야 할 금액을 떠올렸다. 문 안쪽에 붙어 있는 폭이 좁고 긴 거울 앞에서 옷매무새를 점검한 후 심호흡을 했다. 마지막으로 환기한 게 언제인지 모를 공간에서 흐릿한 땀내가 밴 먼지 냄새가 났다.

내가 홀 쪽으로 나오자 매니저가 제대로 인사를 시켜주겠다며 남자 알바생 두 명을 불렀다. 둘 중 한 명은 확실한 경계를 요하는 사람일 터였다. 은하가 미리 경고할 만큼의 양아치라면 얼굴을 보자마자 그게 누구인지 알아챌 수 있으리라고 여겼지만 그렇지 않았다. 첫인상의 차이라면 매니저 옆에 선 사람이 더 키가 크고, 그 옆에 선 사람의 피부가 좀 더 환하다는 정도였던 것이다. 두 명 모두 단정하게 다림질을 한 새하얀 셔츠 위에 베스트를 갖춰 입고 곧은 자세로 선 모습이 멀끔하고 착실한 인상을 풍겼다.

"경규철이라고 합니다." 키가 큰 쪽이 먼저 인사를 건넸다. "모르는 거 있으면 편하게 물어보세요."

옆에선 남자는 딴생각을 하고 있었던 듯 다음이 자기 차례라는 것을 깨닫지 못하고 있다가 규철이 팔을 툭 건드리자 움찔하더니 헛기침했다. 낯을 가리는 것인지 귀찮은 것인지 모호한 어투로 자기 이름이 훈이라고 말했고 소개는 그게 끝이었다. 매니저가 훈에게 반지를 빼고 오라고 일렀고 그는 그 점 역시 깜빡하고 있었던 양 화들짝 놀라서 탈의실로 들어갔다. 매니저는 그를 향해 가볍게 눈을 흘기면서도 나에게 오늘 하루 동안 반 발짝 뒤에서 훈을 따라다니며 일을 배우라고 말했다.

"오늘은 그냥 따라만 다녀요. 이따가 안쪽 테이블에 손님 오면 인사만 드리고. 그분이 워낙 우리 가게 단골이시거든요."

규철은 내가 묻기도 전에 예의 그 단골이 1990년대 초반에 잘나가던 작곡가라고 귀띔했다. 가수도 아니고 작곡가라, 나는 도통 관심이 가지 않았는데 그가 주문하는

씀씀이를 보고는 입이 떡 벌어졌다. 그때까지
나는 술이든 음식이든 메뉴판에서 가장 비싼
것은 일종의 오브제 같은 것인 줄만 알았다.
으레 실제로 주문하는 사람이 있을 리 없다고
여겼던 술을 그는 병째로 시켰다. 심지어 한
시간도 채 되지 않아 병을 비운 다음에 같은
것을 한 번 더 주문했을 때, 나는 놀란 얼굴을
숨기지 못했고 입을 벌린 멍청한 표정을 한 채
그와 눈이 마주치기도 했다.

세상에는 평범한 사람들의 한 달 월급을
한 끼에 써버리는 사람이 얼마든지 있다는
사실은 물론 알고 있었다. 내가 독하다는
소리를 들으며 모으는 돈이 누군가의 가방
한 개, 신발 한 켤레 값도 되지 못한다는
사실을 모르고 살 도리가 없었다. 하지만
뉴스를 통해 접하는 것과 눈앞에서 마주하며
시중을 드는 일의 간극은 컸다. 잠시 뒤에

매니저가 내 귓가에 "민주 씨, 스마일. 얼굴이 너무 굳어 있네" 하고 속삭이고 갔다. 차가운 어투는 아니었다. 그럼에도 그 순간 나는 그냥 호프집에서 계속 일할 것을 그랬나 싶어 입이 썼다. 얼마 덜 받더라도 얼얼한 충격을 받을 일 없고, 억지 미소를 지을 일 없는 곳에서 일하는 게 마음이 편하지 않았을까. 하지만 다음 순간에는 곧장 그런 마음을 고쳐먹으며 허리를 곧추세우고 미소를 연습했다.

그날 영업을 막 마감했을 즈음 매장에 들른 대표는 누구보다 피로한 얼굴을 하고 있었다. 그는 나를 소개하는 매니저의 말을 듣는 둥 마는 둥 하더니 그날의 매출을 확인하고는 "이 형은 도대체 자기가 지금도 전성기인 줄 아나 봐" 하며 혀를 찼다. 그러더니 갑자기 규철을 향해 "왜!" 하고 소리를 꽥 질렀다.

"뭐, 인마. 지는 뭐 사정이 뭐 얼마나 다른가, 너 지금 그렇게 생각했지?"

"참 나, 사장님은 왜 나만 갈궈요? 그럴 거면 기타나 좀 알려주고 갈궈요."

규철이 밀대를 밀며 슬라이딩하듯 대표 앞까지 가자, 대표가 다리를 뻗어 그의 발을 걸었다. 규철은 그런 장난에 넘어갈까 보냐는 듯 옆으로 훌쩍 뛰어 피했고, 대표는 한 번 더 반대쪽 다리를 공략했다. 초등학생들이나 할 법한 장난을 하며 키득대는 둘의 모습이 익숙한 듯 매니저와 훈은 그들에게 관심을 보이지 않았다. 규철이 문제를 일으키고 매니저에게 대든 후에도 계속 자리를 유지할 수 있는 비결이 무엇인지 훤히 들여다보이는 것 같았다. 때마침 훈이 내 앞을 지나며 싱긋 웃어 보였다. 마치 지금 하는 생각을 잘 알겠고, 그게 맞다는 듯이.

그해 연말 즈음이 되자 매니저가 없는 날이면 손님들은 내게 와인을 추천받았다. 매니저도 여태 본 알바생 중에 내가 에이스라고 말했다. 대표가 뜸할 때는 구겨진 셔츠를 입고 지각을 일삼는 규철은 논외였고, 은하는 손이 야무지지만 서비스직을 하기에 낯가림이 너무 심한 편이었다고 매니저는 말했다.

"훈이는요?"

"걔는 나랑 같은 과잖아." 매니저가 피식거렸다. "마음에 없는 얘기는 못 하니까 거짓말을 하면 티가 난다고."

그러면 에이스라는 말은 결국 적당한 선에서 거짓말을 잘한다는 것인가 싶어 얼떨떨했지만, 겉으로는 내색하지 않았다. 매니저는 칭찬이라고, 오늘 같은 날도 민주가 있으니까 안심이라고 강조했다.

그날 저녁에는 어느 사법 연수원 동기
모임의 예약이 들어와 있었고, 그들은 왔다
하면 대관을 한 것처럼 매상을 올려주는
대신 다른 손님들을 받기 곤란할 정도로
시끌시끌해진다고도 했다.

"오 마이, 그 찐따 새끼들 또 오네."
유니폼을 갈아입고 나온 규철이 나를
돌아보며 눈을 찡긋거렸다. "보면 알아.
들어올 때부터 집단으로 찌질한 기운이
깔리거든."

테이블 세 개를 붙인 자리가 꽉 차게 앉은
그들의 외모나 성향이 각기 달라 보여서 한데
묶을 말을 찾기 어려웠지만 술이 들어갈수록
목소리의 데시벨이 높아지는 것만큼은 부정할
수 없었다. 나는 오랜만에 고막이 아팠다.
호프집에서 일할 때 종종 귓속 어디에 고막이
있는지 느껴지고 바로 그곳이 욱신거리며

울리는 느낌이 들 때가 있었는데 그날도
그랬다. 하지만 그 밤의 괴로움은 외려 그들이
코스로 된 식사를 모두 마치고 마지막 잔을
앞에 두었을 때, 소음의 데시벨이 다소 줄었을
때 절정을 맞이했다.

동기 모임의 회장이라는 이가 일어나더니
오른손을 번쩍 쳐들며 이제부터 일 대 다
'가위가위보'를 해서 이긴 사람에게 경품을
나누어주겠다고 했다. 그는 얼굴이 다소
붉었지만 행동거지가 만취한 것으로 보이지는
않았다. 그럼에도 어째서인지 가위바위보를
매번 '가위가위보'라고 외쳤다. 한 끗이 틀린
발음이 자꾸 반복되자 나는 얼굴을 찌푸리지
않기 위해 애써야 했다. 이게 그렇게까지
거슬릴 일인가 싶어 스스로도 의아할
정도였으므로 주방으로 도피하듯 들어가자
규철이 "내가 얘기했잖아. 개찌질하지?" 하며

이죽거렸다. 그 꼴도 보기 싫어서 나는 도로
홀 쪽으로 나왔다.

　　일 대 다 게임은 쉬이 끝나지 않았고
가위가위보라는 외침이 스무 번쯤 더
반복됐다. 막판에는 두통약이라도 한 알
삼키고 싶었지만 소음만 없어지면 해결될
문제라는 것을 알았다. 실제로 그들이 나갈
채비를 마치자 두통은 사라졌다. 모임의
회장은 한 팔에 코트를 꿰다 말고 매니저에게
꾸벅 고개를 숙이며 감사 인사를 했다.
팁이라면서 미리 준비해온 봉투도 건넸다.
이미 여러 차례 반복된 일인 듯 매니저는
인사치레로 거절하는 법 없이 봉투를
건네받았다. 그런 다음 마감을 마치자 팁
봉투에 든 현금을 알바생에게 공평하게
나누어주었다. 한 끼 식사를 하고 맥주 한잔
마시면 딱 맞을 돈이라며 회식을 하자는 말을

먼저 꺼낸 사람이 규철이었던가, 훈이었던가.
어쨌거나 키친 쪽 알바생이 뭘 먹으러 갈
거냐고 물었을 때 어디든 제발 조용한 데로
가자고 대답한 것은 나였다.

　낙점된 곳은 5분 거리의 닭한마리
집이었다. 닭한마리는 원래 감칠맛으로
승부하는 요리인데 희한하게 밍밍한 맛이
나는 집. 대신 그 덕에 한산한 곳이라고
귀띔해준 매니저는 함께 나서지 않고 곧장
택시를 잡았다. 평소에는 신발을 벗고
들어가는 식당이 번거로워서 싫었던 나였지만
그날만큼은 아랫목처럼 뜨듯한 장판 바닥에
다리를 뻗을 수 있는 게 좋았다. 음식이
나오자 규철은 쩝쩝거리며 닭고기 몇 조각을
해치우더니 다음 주 일요일 오후에 시간이
나는 사람은 자기 공연을 보러 오라고 말했다.
반응하는 사람이 한 명도 없었으므로 나는

궁금하지도 않은 사실을 물었다.

"대표한테 기타 알려달라더니 진짜
밴드라도 해?"

"뭔 소리야, 미쳤어?" 규철이 실실 웃었다.
"밴드 음악 좆밥 된 지가 언젠데."

규철이 내 어깨를 툭 건드리더니 자신의
랩 네임을 말해주었다. 괜히 물어봤다고
생각하며 다른 화제를 찾으려던 찰나, 집이
먼 주방 알바생이 일어났고 규철도 들를 데가
있다며 겉옷을 챙겼다.

"아, 참!" 가게의 현관 앞까지 갔던 규철이
다시 돌아오더니 내 앞에 와서 섰다. "지갑을
놓고 왔어. 민주야, 만 원만 빌려주라. 다음
주에 줄게."

한동안 알바처에 올 때마다 "오늘따라
현금 가진 게 없네"라는 말을 연습했건만
도저히 그 말을 할 수 없는 날을 공략한

끈기가 한편으로는 대단하다 싶기도 했다.
나는 별수 없이 그에게 팁으로 나누어 받은
지폐 한 장을 건넸다. 그가 사라지자 훈은
내게 오늘이 처음이냐고 물었다.

"저 인간이 돈 꾼 거 말이야? 응."

"그 정도면 훌륭해." 훈이 내 잔을
채워주며 말했다. "진짜야. 네가 확실히
호락호락해 보이지는 않았나 보다. 저 형 보통
새 알바 오면 바로 시도하거든."

"아이고, 이렇게 위로가 될 데가."

"그럼 나가서 한잔 더 할래?"

훈의 질문은 예상치 못한 것이었으므로
나는 "그래도 좋고" 하는 애매한 대답밖에
하지 못했다. 더 의외인 일은 잠시 후에
일어났다. 가게에서 나가려는데 입구에
벗어놓은 신발이 보이지 않아 당황한 순간,
훈이 신발장 안에서 내 신발을 꺼내준 것이다.

"두면 사람들이 막 밟고 갈 것 같길래."

훈이 싱긋 웃었다. "아깝잖아. 딱 봐도 신은 지

얼마 되지도 않은 건데."

　그러고는 훈과 정말 딱 한 잔을 더 마셨다.

그가 안내한 칵테일 바는 그때까지 내가

가보았던 곳들과는 달랐다. 높고 불편한 바

체어가 아니라 푹신한 의자를 두었고, 처음

듣는 샹송이 흘러나왔으며 적당한 조도와

향기로 채워져 있었다. 훈은 턱을 괸 채 이번

주 내내 정말 바빴다고, 그중에서도 오늘

하루가 제일 길었다고 말했다.

　"누구 말처럼 그 사람들이 다 찌질하다고

생각하지는 않지만." 훈이 조금 멍한 얼굴로

웃었다. "그건 좀 위기였어. 가위가위보. 왜

자꾸 바위도 가위라고 하냐고."

　"내 말이!" 나는 격하게 동의했다. "나만

거슬리나 했네."

"너만 거슬릴 리가 없지."

그 말이 듣기 좋아서 나는 한 번 더 말해달라고 했다. 훈은 고개를 갸웃하며 웃었지만 그렇게 해주었다.

그날 나는 그와 한 시간쯤 더 대화를 나누었다. 이제 거의 10년 가까이 흐른 지금도 기억에 남아 있는 것은 그의 본가가 춘천이라는 말을 듣고 내가 한 번쯤 춘천에 가보고 싶었다고 했던 일이다. 훈은 그럼 자기랑 같이 한번 가자고, 안내해주겠다고 제법 다정하게 얘기했지만 그런 일은 일어나지 않았다. 이듬해 가을까지 몇 번이나 단둘이 만나는 동안에도 우리의 행선지는 서울을 벗어나지 못했다. 대화도 같은 자리를 맴돌았던 것 같다.

그는 하루라도 빨리 '헬조선'에서 탈출을 해야 한다고 했다. "맞아. 나도 탈출하려고."

나는 몇 번이고 그렇게 맞장구를 쳤다.

'탈출'이라는 말을 입 밖에 낼 때마다 좀 살 것
같았다. 그는 탈출도 탈출이지만 어디에서든
자기 사업을 하고 싶어서 실은 이미 조금씩
준비하고 있는 게 있다고 했다. 짬짬이
프리랜서로 전에 하던 일도 받아서 하다 보니
늘 시간에 쫓긴다고도 했는데, 어떤 분야의
일을 하고 있는지 물으면 대답을 피했다.
그에 관해 더 알고 싶어서 캐물은 게 아니라
대화의 맥락상 질문을 던졌을 뿐이건만 선을
긋듯 얼버무리는 태도에 내 입에서는 자의식
과잉이라는 말이 나왔다. "그렇기는 해.
아니라고는 못 하지." 훈은 순순히 인정했다.
그래서 더욱 남 밑에서 오래 일하기 힘들 것
같다며 하루라도 빨리 자기 업체를 차리고
싶다고 덧붙였다. "구체적으로 뭘 차리고
싶은데?" 하고 물으면 아직 구상 단계라면서

말을 흐렸다. 그러고는 이번 주에 얼마나 시간에 쫓겼는지 모른다는 이야기로 다시 화제를 돌렸다.

이후에도 훈은 자신이 얼마나 바쁜가 하는 점을 강조하기를 즐겼다. 나 이번 주에 진짜 쉴 시간이 없었어. 어제도 세 시간밖에 못 잤어. 오늘 얼마나 정신이 없었는지 이게 첫 끼야. 요즘 정말 바빠서 죽을 것 같아. 겉으로는 불평을 하는 것처럼 보이지만 내심 그가 그렇게 말할 수 있는 상황을 즐긴다는 사실을 나는 알 수 있었다. 자신은 미래를 위해 달리고 있다는 것, 시간을 쪼개서 이리 뛰고 저리 뛰어야 할 만큼 자신을 요하는 일이 많다는 사실은 그의 버팀목이자 자부심처럼 보였다.

택시 기사의 추천을 받고 방문한 닭갈비

집으로 들어서자 매콤한 양념 냄새가 콧속을 파고들었다. 테이블 한가운데 자리한 철판은 지름이 족히 아기 욕조만 했다. 붉은 유니폼을 입은 직원들은 큼직한 스텐 뒤집개를 들고서 철판을 가득 채운 고기와 야채를 볶고, 볶음밥을 만들고, 달라붙은 음식 찌꺼기를 떼어내고 있었다. 그들의 군더더기 없는 움직임과 거침없는 손놀림은 활기찼으며 동시에 무척 고되어 보였다. 은하도 같은 생각이었는지 우리 자리에 온 직원에게 어깨와 팔을 쉴 틈이 없으시겠다고 말을 건넸다.

"맞아요. 우리 신랑도 깜짝깜짝 놀란다니까요, 어쩌면 사람 팔이 이렇게 딱딱하냐고."

"도수 치료 좀 꾸준히 받아보셨어요?" 은하가 물었다. "저도 등이랑 어깨가 항상

걸렸는데 잘하는 데 가서 받으니까 확실히
다르더라고요."

"가고는 싶은데, 병원 가면 일을 하지
말고 쉬라고 하잖아요. 아니, 일 안 하면 난
뭐 굶어 죽으라고요? 자꾸 그러니까 잘 안
가게 되더라고요. 오른팔에는 이미 석회화가
와버렸다 그러고."

"어머, 그럼 어떻게 해요?" 은하가 물었다.

"수술해야죠." 직원이 대수롭지 않은
일처럼 대꾸했다. "식당 일 오래하면서 수술
한 번 안 하는 사람 없을걸요. 그전까지 그냥
달래가면서 쓰는 거지. 이게 우리 집은 처음에
보면 고기에만 양념이 돼 있고, 양배추고
떡이고 이렇게 허연 게 싱거워 보이잖아요?
그런데 먹다가 보면 촉촉하니 간이 잘
맞아요. 양배추가 익으면서 수분이 나오거든.
양배추를 이렇게 많이 넣어서 볶으려니까

그게 다 품이 드는 일인데, 어쩌겠어요.
이렇게 안 넣으면 그 맛이 안 나는데."

　　직원은 옆 동네에서 언니네가 백반집을
하는데, 두 해 전에 부부가 나란히 자신이
받아야 할 수술을 먼저 치렀다고 덧붙였다.
마치 지난주에 감기에 걸렸다 나았다는
이야기를 하는 듯 가벼운 어투에 내
입에서는 아이고, 하는 앓는 소리가 절로
나왔다. 은하는 막걸리 한 병을 주문하더니
가볍게 한숨을 쉬었다. 자신은 돌아오기로
결정한 일을 가급적 후회하지 않으려고
하고, 실제로 도수 치료를 받고 나올 때마다
오기를 잘했다고 안도하지만, 일반적인
근무 조건이나 시간을 들으면 퍼뜩퍼뜩
놀란다는 것이었다. 그런 놀라움에 비할 바는
아니겠지만 나로서는 은하가 처음 보는 택시
기사나 식당 직원과 자연스럽게 스몰 토크를

나누는 모습이 얼마간 비현실적으로 보였다.
시드니로 떠난 직후만 하더라도 외향성을
이식받을 수 있는 방도가 있으면 좋겠다고,
그러면 당장 맨 먼저 처방을 받을 거라고
자조했기 때문이다.

"그래서 성지가 이번에 나 들어온다니까
말렸어. 초반에 그 고생을 하고 이제 적응한
건데 다시 생각해보라고, 나중에 코로나
사라지고 나면 후회할 것 같다고."

"그런 이유면 걱정 없네. 코로나는 사라질
수가 없잖아. 바이러스야말로 영생불사니까."

내 말에 은하는 맥없이 웃더니 고구마가
맛있게 익었다며 내 접시 위에 올려놓았다.
고구마 한 조각을 다시 집어서 호호 불다 말고
은하는 어찌 됐든 자기는 운이 좋았다고 했다.
락다운을 몇 차례 겪은 후 돌아오는 날까지
그곳에서 동아시아인이라는 이유로 물리적인

위협을 받은 경험은 없으니까. 그러나
그런 일을 다행이라고 여겨야 하는 공기로
둘러싸인 사회에서 버티는 동안 긴장과
피로와 우울감이 층층이 몸 안에 쌓였다고
했다. 아무리 잘 자고 일어나도 목에서부터 등
안쪽에 얇은 판을 밀어 넣은 것처럼 뻣뻣한
느낌이 가시지 않더라면서.

　"석회처럼 굳은 데 비할 건 아니겠지만."
은하가 말했다.

　"그런 건 비교하면 못써."

　나는 타박하며 은하의 접시에 닭갈비를
덜어주었다. 닭갈비의 맛은 직원이 표현한
대로 첫입에는 삼삼했는데, 양념이 살짝
눌은 깻잎과 함께 입에 넣고 시간을 들여
맛보았더니 뒷맛에서 은근한 생강의 향이
감돌았다. 나와 눈이 마주치자 은하 역시 무슨
말을 할지 알겠다는 듯 "어머, 정말 난다!"

하며 고개를 연신 끄덕였다.

　　숙소에 돌아온 은하는 씻는 순서를
정하기 위해 가위바위보를 하자며 오른손을
내밀었다.

　　"여기 애들이나 거기 애들이나 툭하면
순서 가지고 싸우니까 많이 시켰거든.
가위바위보." 은하가 휴대폰을 들더니 울고
있는 꼬마가 담긴 사진을 보여주었다. 깜찍한
양갈래 머리를 한 아이는 서러움을 표하기
위해 양 볼을 있는 힘껏 우그러뜨리고 있었다.
은하는 자기가 시드니에서 맡았던 아이
중에 얘처럼 별것 아닌 일에 서럽게 우는
아이도 없었지만, 방긋방긋 웃기도 참 잘
웃는 아이였다고 말했다. "보고 싶다. 우리
루비"라고 중얼거리며 욕실로 들어간 은하는
곧 다시 밖으로 나와 혹시 텔레비전을 틀

거냐고 물었다.

"그냥 음악이나 들을까 싶기도 하고. 왜?
뭐 챙겨 보는 거 있어?"

"아……. 뉴스 할 시간이라서. 뉴스를 아예
안 보는 것도 죄스럽긴 한데, 요즘에는 무슨
영상이 튀어나올지 몰라서 좀……."

나는 얼른 이해한다고, 나도 마찬가지라고
말했다. 참사 소식이 전해진 이튿날에는
아무것도 손에 잡히지 않아서 종일 뉴스에서
눈을 뗄 수가 없었다. 그러고 이틀 후였던가
식당에서 밥을 먹다가 말고 눈에 들어온
영상에 들고 있던 숟가락을 내려놓게 되었다.
식당의 주인은 대체 누구 허락을 받고 저런
화면까지 내보이는 거냐며 텔레비전을 껐다.
떨떠름한 정적이 흐르는 식당 안에서 먹는
둥 마는 둥 식사를 마친 다음부터 참사에
관한 뉴스는 사진이 실리지 않는 단신으로만

접하게 되었다.

　씻고 나온 은하는 어떻게 이런 일이 또 일어났는지 모르겠다고 말했고 나는 고개를 끄덕였다.

　"너도 어젯밤에 너무 적나라한 보도를 본 거 아니야?" 은하가 물었다. "그래서 울었나 했지."

　나는 잠시 대꾸할 말을 잃었다. 간밤에 내가 눈물을 줄줄 흘렸던 이유의 시발점은 폭우로 인해 떠야 할 배가 뜨지 않아서 종일 시달렸던 것이었다. 이전에도 선적 일정이 밀려서 빌고 사정하고 싸운 적이 셀 수 없지만, 어제는 급기야 고객사의 담당자가 직급조차 떼고 자기가 '너' 때문에 잘릴 판인데 어떻게 책임질 거냐며 고함을 지르며 안하무인으로 굴었다. 상대가 선을 넘었으니 나 역시 조금 더 단호하게 나가는

게 맞았으련만 그러지 못했다. 우물쭈물했던
대응을 한 박자 늦게 후회하며 찝찝한
기분으로 잠자리에 들자 이번에는 기다렸다는
듯 윗집 가족의 싸움이 시작되었다.

　　일단 누군가 악을 쓰고 뭔가 집어 던지는
소리가 났다 하면 경찰이 출동해도 잠깐
잦아들 뿐 새벽까지 소란스러운 이들이었다.
나는 귀마개를 꼈다. 그럼에도 완전히 차단할
수 없는 소음에 시달리는 동안, 일상의 평화를
유지하기 위해 내가 할 수 있는 일이 아무것도
없다는 무력감이 전신에 스몄다. 폭우와
태풍으로 선적이 밀리는 일을 해결할 방도는
보이지 않았다. 앞으로도 줄어들기는커녕
기후위기 속에 더 늘어만 갈 것이다. 근시일
내에 고객사나 담당자가 바뀔 가능성은
제로에 수렴하므로 그를 상대하지 않으려면
내가 나가는 수밖에 없는데, 물론 지금처럼

이직 자리가 나지 않는 시점에 회사를 그만둘
수는 없는 일이었다. 윗집 가족들이 분기별로
난장을 벌인다고 이사를 갈 형편도 아니었다.
모든 게 남의 손에 달려 있고 앞으로도 내가
할 수 있는 일은 고작 이 쳇바퀴 안에서 빌고
사정하고 한숨짓는 일뿐인 것 같아 눈물이
났던 것이다. 마음을 먹으면 2박 3일쯤
울 수 있을 것 같은 기분이었다. 하지만
오랜만에 은하와 보내는 시간의 한가운데에
구정물 같은 하소연을 쏟아내고 싶은 마음은
없었다. 나는 잠이 잘 오지 않아서 오티티를
뒤지다가 본 영화 때문에 괜히 눈물이 났다고
얼버무리고 화제를 돌렸다.

"닭갈비 말이야, 확실히 현지인이
추천하는 거 먹으니까 차원이 다르더라."

"맞아. 볶음밥은 남기겠지 싶었는데 싹싹
다 긁어 먹었잖아." 은하가 동의했다.

"그러게. 확실히 사람을 갈아 넣은 맛이 다르긴 달라." 내 입에서는 그런 농담이 나왔다.

은하가 머리에 휘감고 있던 수건을 풀며 나무라듯 내 팔을 슬쩍 건드렸다. 나는 민망했는데 이번 주만 해도 본부장 앞에서 두 번이나 "요즘 세상에 그런 농담 하시다가 아차 하면, 법정에 서는 수가 있는데" 하고 눈치를 준 사람이 바로 나였기 때문에. 그럴 때 본부장이 "난 누구 겁나서 요새 무슨 말을 못 하겠어" 하며 퍽 소탈한 사람인 양 짓는 미소가 떠올랐기 때문이었다.

반성의 의미라고 강조한 뒤에 나는 홀로 편의점으로 향했다. 캔 맥주 몇 개를 집어 방에 돌아오자 은하가 케이블카에서 들려준 음악이 다시 흐르고 있었다. 분명 그 곡이라고 여겼는데 묘한 위화감이 들어서 기억을

되짚어보니 같은 곡이지만 부르는 사람의 목소리가 다르다는 사실을 알 수 있었다. 두 버전 모두 구슬픈 느낌의 흐릿하고 애상적인 음색의 보컬이기는 했다. 그런데 낮에 들은 쪽은 노래를 부르는 사람이 원래부터 힘이 없어 간신히 버티고 있는 느낌이라면 지금 듣는 쪽은 의식적으로 목소리에 최대한 힘을 빼고 부르고 있는 것 같았다. 얼마든지 크게 내지를 수도 있지만 소용없는 일을 하고 싶지 않아서 적당히 억누르고 있는 듯한 느낌도 있었다. 은하는 적당히 억누른다는 표현을 재미있어 하면서 두 곡 모두 영화의 사운드트랙이라고 말했다.

"우리가 원래 아는 곡은 〈릴리 슈슈의 모든 것〉에 나왔고, 이 버전은 〈애프터 양〉이라는 영화에 나왔어."

"원래 있던 영화 음악이 다른 영화에 쓰인

거야? 신기하네. 〈애프터 양〉은 어떤 영화야?"

"음……." 은하가 쥐고만 있던 캔 맥주를
열더니 한 모금을 들이켜며 말을 골랐다.
"어떤 가족 안에서 한 가족처럼 지내던
안드로이드가 있는데."

"아, SF구나." 내가 대꾸했다.

"응. 그 안드로이드 이름이 '양'이야,
양의 전원이 갑자기 꺼져서 못 쓰게 되거든.
가족들이 깜짝 놀라서 고쳐보려고 노력하고.
그런데 보다 보면 양이 어쩌다가 고장이 난
게 아니라 실은 열반에 든 게 아닐까, 하는
생각이 드는 얘기야."

"열반에 든다고?"

은하는 고개를 끄덕였다. 나는 곧장
영화의 메인 예고편을 찾아보았다. 예고편을
통해 줄거리가 선명하게 그려지는 타입은
아니었다. 감독이 드라마 〈파친코〉의 한국계

감독이라는 점이 인상적이었는데, 실은
한국계가 연출한 미래 배경 속 안드로이드
캐릭터조차 할리우드 영화에 나오는
아시아인은 머리칼에 브릿지를 넣은 모습으로
등장한다는 점이 더욱 인상적이었다. 그나마
보라색에서 벗어나 갈색 정도를 취한 것을
일보 전진으로 보아야 하는 걸까. 하지만
윤기가 흐르는 바가지 머리의 가운데에
맥주잔에 남은 거품 띠처럼 둥그렇게
이어지는 갈색 테를 두른 스타일은 뭐랄까,
근미래에서도 구릴 확률이 105퍼센트는
된다는 내 말을 듣고 은하는 마시던 맥주를
뿜었다. 냉큼 티슈를 건네면서 사실이 그렇지
않느냐고 한 번 더 묻자 은하는 입가를 훔치다
말고 고개를 저었다. 그러더니 호텔 바닥을
꼼꼼히 닦으면서 "아니, 그 브릿지는 너희들이
보는 스테레오 타입 아시아 캐릭터는 이런

거지? 하면서 비트는 느낌이었단 말이야."
하고 강조했다.

잠자리에 누웠을 때 나는 은하에게
어떻게 안드로이드가 열반에 드는 것인지
물었다. 은하는 하품이 섞인 목소리로 영화가
작동을 멈춘 양의 기억 메모리를 더듬어가는
과정을 담고 있다고 했다. 양은 신제품과
다름없다고 속여 판 중고품이었고, 이미 오랜
시간 여러 환경에서 살며 희로애락을 경험한
후 리셋되기를 거듭해왔다. 그 과정은 다름
아닌 환생처럼 보이고, 그러다 보니 특유의
초연한 성격도 뭔가를 깨달은 것처럼 보이며,
어느 날 작동을 멈춘 현상도 마침내 열반에 든
것처럼 다가온다는 것이었다. 나는 맥주잔에
남은 거품 띠처럼 둥그런 띠로 브릿지를 넣은
안드로이드의 모습을 떠올리고 지금부터라도
영화를 보고 잘까 싶어 휴대폰을 들었다가

자정이 넘은 시각을 확인하고 다음으로
미뤘다.

"그 길 이름이 생각났어." 은하가
소곤거렸다. "의암호 나들길. 내일 아침 일찍
거기 가보자."

"좋지. 이름도 예쁘네"

"그런데 나 오늘 피곤해서, 아, 그게
뭐였더라. 이번에는 또 이 말이 생각이
안 나네. 큰일 났다. 이게 말로만 듣던
0개 국어 된다는 건가 봐." 은하가 연이어
하품을 한 뒤 겨우 말을 이었다. "아무튼 나,
고롱고롱할지도 몰라."

코를 곤다는 말도, 드르렁드르렁이라는
의성어도 떠올리지 못해서 직접 지어낸
표현이지만 은하가 내는 옅고 작은 소음에는
'고롱고롱'이라는 말이 제법 잘 들어맞았다.
나는 그 소리를 들으며 엎드려 누웠다. 여러

번 다시 살 수 있는 기회가 주어진다면
어떨까 싶었다. 그러면 최소한 내가 왜 이런
말을 뱉었지, 싶은 농담은 입에 올리지 않는
신중함을 가질 수 있을 것 같았다. 다음
순간에는 최소한이 아니라 달라지는 것은
고작 그 정도일지도 모르리라는 생각도
들었다. 은하가 코를 고는 소리가 높아진다
싶더니 이내 멈췄고, 나는 은하가 나쁜 꿈을
꾸지 않기를 빌며 잠을 청했다.

아침 산책을 제안한 것은 은하였으나
곤히 자는 모습에 깨울 엄두가 나지 않았다.
이름을 부르자 끙 소리를 내며 내 쪽으로
돌아눕기에 일어날 수 있겠냐고 물으니
물론이라고 했지만, 은하는 대답을 한 게 용할
만큼 곧장 혼곤한 잠에 다시 빠져들었다.
나는 커피를 사 오겠다는 메모를

남기고 숙소를 나섰다. 미리 봐둔 카페가
없었으므로 우선 테라스에서 내려다보이던
호수 방향으로 걸음을 옮겼다. 공지천을 따라
조성된 산책로의 초입은 지면을 빈틈없이
뒤덮은 낙엽으로 인해 발을 내디딜 때
푹신한 느낌마저 들었다. 양편으로 늘어선
단풍나무와 은행나무의 가지가 겹치며
이룬 아치형의 터널은 가을이라는 계절을
부드럽게 구부려서 울긋불긋하고 환한
통로로 만들어놓은 것처럼 보였다. 어제
케이블카에서 느꼈던 아쉬움을 달래주듯
온기로 가득한 빛을 발산하는 풍경을
바라보며 나는 은하를 깨워서 함께 나올 것을
그랬다고 후회했다.

오랜만에 집 밖에서 마스크를 벗어
주머니에 넣은 것은 반바지에 후드티를 걸친
모습으로 조깅하는 커플이 곁을 스쳐 지나간

후였다. 그들의 활기는 과거에 내가 막연하게 그리던 아침 풍경을 떠올리게 했다. 빌딩 숲 사이로 펼쳐진 널찍한 공원을 가뿐히 달리며 하루를 시작하는 삶. 늘 아침잠에 허덕이는 주제에 언젠가 내가 원하는 도시에서 정착하면 그런 생활을 만들어갈 의지가 샘솟을 거라고 여겼다. 한번은 성지가 내게 설령 외국에서 9 to 5로 일하더라도 아침 운동을 한 다음 씻고 식사까지 챙겨 먹은 후 출근을 하려면 아마 매일 다섯 시 반에는 일어나야 할 거라고 일깨워준 적이 있었다. 그러면서 아침잠에 허덕이는 것은 사는 장소와 관계가 없는 일 아니냐고도 강조했다.

"그런가? 나는 무슨 얘긴지 딱 알겠는데." 오직 훈만큼은 그렇게 말해주었다. "사람은 환경의 동물이잖아. 헬조선 탈출하면 미라클 모닝이 될지도 모르지, 뭐."

그러나 그즈음의 나는 이미 '탈출'에 대한 기대가 꺾여 있었다. 내가 모아야 할 금액은 조금, 엄마가 해주겠다던 돈은 턱없이 예산에 미치지 못해서 항공권을 사고 나면 한 달을 버틸 정도밖에는 되지 않았던 것이다. 워킹 홀리데이를 활용하는 쪽으로 방향을 트는 방법도 생각해보았지만, 워홀로 시작하여 현지에 정착하는 경우의수를 따져볼수록 포기하는 쪽으로 마음이 기울었다.

알바를 쉬는 날이면 하염없이 걷는 습관이 든 게 그맘때의 일이었다. 이따금 같이 가겠느냐고 물으면 훈은 "이번 주는 시간이 빠듯한데" 하고 말을 흐렸으나 한두 번 더 권하면 고개를 끄덕였다. 마지못해 대답하는 듯 보였지만 같은 날 알바를 쉬는 일이 겹치면서 규철에게 둘이 무슨 관계냐고 집요한 놀림을 받는 일에는 개의치 않는 것 같았다. 그러고서 막상 약속에는 또 늦게 나왔다. 어쩌다 한 번이 아니고 늘 시간을 어겼다. 뛰어올 기운조차 없다는 듯 터덜터덜 약속 장소에 나타나는 훈을 보면서 어떤 날은 화도 나지 않았다가 어떤 날은 머리끝까지 화가 나기를 반복했다.

가을의 초입이 되었을 때 훈은 도저히 시간을 낼 수 없다는 이유로 알바를 그만두었다. 그리고 몇 주 지나지 않아 규철이 해고되었다. 매니저는 그가 새 알바생과 둘만 홀을 지키고 있던 날, 손님이 시키지 않은 와인을 계산서에 올렸다고 했다. 한 병 더 판 것으로 해둔 와인을 가방에 숨기는 모습이 시시티브이에 찍혔으므로 발뺌할 도리가 없었다. 규철이 사라지고 나자 매니저의 얼굴은 한결 편안해 보였고 전보다 말수도

늘었다. 새로 들어온 알바생들은 그녀가 다소
수다스러운 사람이라고 여길 정도였다.

　　그해 가을 막바지에 매니저는 한동안
서울 안에 있는 산을 오르는 데 심취했던
일을 이야기해 주었다. 산길은 봄의 벚꽃도,
가을의 단풍도 좀 더 늦게까지 볼 수 있다는
게 매력이라는 말에 나는 마음이 동했다.
가파른 등산로가 부담스러운 사람이라면
늦가을의 남산 둘레길이 제격이라는 그녀의
말을 전하자 훈도 관심을 보였다. 국립극장
방면에서 시작하여 백범광장으로 향하는
코스가 매니저의 추천이었으나 나는 동선을
반대로 잡았다. 훈의 지각을 방지하기
위해 그의 집에서 20분이 채 걸리지 않는
백범광장에서 만나기로 한 것이다. 그러나
훈은 약속 시간에 맞춰 나타나기는커녕
제때 연락도 받지 않았다. 다섯 통쯤 연이어

걸다 비로소 통화가 연결되었을 때는 잠긴
목소리로 이제 잠에서 깼다면서 지금이
몇 시냐고 되물었다. 그러고는 자기가
준비하는 동안 오고 있으라며 자기 집 주소를
불러주었다.

쪼르르 그의 집으로 향한다면 정말
자존심이 없는 사람처럼 보이리라고
여기면서도 나는 그렇게 했다. 길을 건너
골목 어귀에 들어서자 편의점 앞 파라솔에
기우뚱한 자세로 앉아서 담배를 피우는
할아버지가 눈에 들어왔다. 그가 걸치고
있는 티셔츠는 연한 분홍으로도 베이지로도
특정할 수 없는 오묘한 색으로, 원래는 붉은
계통의 옷이 오랜 기간 물이 빠져 본래
가지고 있던 빛깔의 흔적만 남은 것이었다.
내가 훈에게 품었던 호감도 그렇게 옅고
흐릿해진 상태였다. 그럼에도 어째서 시간과

감정을 소진하고 있는지 스스로도 이유를
알 수 없었다. 그런 생각을 하면서도 편의점
앞을 지날 때는 집에 처음으로 가는 길이니
세제라도 하나 살까, 하는 고민을 했다.

다세대주택의 1층에 위치한 그의 집은
대문 없이 집의 현관문이 인도와 바로 면해
있었다. 좁은 골목길을 지날 때면 종종 그런
구조의 집을 봐왔지만 직접 그런 집 안으로
들어가보기는 처음이었다. 초인종을 누르자
드라이어 소리가 멈추고 문이 열렸다. 신발
서너 켤레를 벗어놓으면 꽉 찰 좁은 현관과
이어지는 길쭉한 직사각형 모양의 방에
자리한 싱크대와 침대가 한눈에 보였다.

"어제 밤새우고 잠깐 눈만 붙이려고
했는데 알람을 못 들었어."

훈은 하얀 셔츠 위에 도톰한 니트
스웨터를 걸친 모습이었다. 그는 항상 탐이

날 만큼 부드럽고 재질이 좋아 보이는
니트나 셔츠를 걸치고 있었는데 그날 또한
마찬가지였다. 그가 입고 있는 스웨터는
바닐라 아이스크림이나 버터를 곱게 펴 바른
듯한 색감으로 한없이 부드러워 보였다.
마른 체형의 그에게 무척 잘 어울리기도
했다. 다만 샹송이 나직이 깔린 칵테일 바나
천장이 높은 카페에서가 아니라 얇은 문
하나를 두고 도로변에 무방비하게 위치한 그
긴 방에서 보자 별안간 그가 걸친 스웨터의
가격에 신경이 쓰였다. 그 옷은 그에게 더없이
잘 어울렸지만, 도무지 그 방과는 어울리지
않았던 것이다. 물론 그런 얘기를 입 밖으로
내지는 않았다. 나는 그의 어깨를 툭 치고는
"시간 약속을 어겼으면 미안하다는 말부터"
하고 쏘아붙였다.

　"미안." 훈이 겨우 들릴 듯한 목소리로

말했다. "드라이만 마저 할게. 얼마 안 걸려."

　　얼마 안 걸리기 때문인지 어디에
앉으라는 말은 없었고, 사실 앉을 데도 마땅치
않았다. 하나뿐인 의자 위에는 가방이 잔뜩
놓여 있었다. 의자 주변은 무릎 높이까지
쌓인 시디와 잡동사니로 어지러웠다. 내
시선은 절로 침대 옆면과 면한 넓은 벽으로
향했다. 거기에는 각종 티켓과 공연 팸플릿이
붙어 있었다. 할리우드 영화 속 10대의 방을
연상시키는 모습이었다. 인기 없고, 주목받지
못하고, 억눌려 있는 주인공이 알고 보면
분명한 취향과 자기만의 세계가 있다는 점을
어필하기 위한 미장센으로 공들여 꾸며놓은
벽. 그런 벽을 실제로 연출하고 사는 사람을
나는 그때 처음 보았다. 록 페스티벌에서 찍은
듯한 사진과 한강으로 보이는 곳의 노을 사진,
A4 크기의 영화 포스터, 사진전 팸플릿도

있었지만 다수는 콘서트 티켓이었다. 밴드 공연과 클래식, 아이돌 콘서트까지 장르 폭을 종잡을 수 없었다.

"뭘 그렇게 열심히 봐."

훈은 방금 로션을 바른 손을 들어 내 눈앞을 가렸고 내 입에서는 "넌 진짜 자의식 과잉이야"라는 말이 나왔다. 그는 알고 있다고 대꾸했고, 그의 손에서는 온화한 머스크 계열의 향이 났다. 짧은 순간, 나는 그 손을 끌어당기면 어떤 일이 벌어질지 그려보았다. 훈의 입에서 나올 말은 아마도 "네가 하고 싶으면 해" 같은 것이겠지. 그만 나가자며 가방을 드는 훈을 보면서 나는 이미 그 말을 들은 듯한 기분이 되었다.

그의 집에서 나왔을 때는 이미 오후가 무르익어 구름에 흐릿한 붉은 기운이 돌았다. 이제 와서 남산으로 향하기에는 늦었다는

판단에 우리는 서울역을 지나 시청 방향으로
걸음을 옮겼다. 그러는 동안 나는 기분이
나아졌고, 해 질 녘쯤 덕수궁 돌담길을
바라보면서 훈은 이제 정말 한국을 뜰 준비가
막바지에 이른 것 같다고 말했다. 나는 속으로
반신반의하면서도 겉으로는 순순히 부럽다고
말했다. 그러자 그는 사람 일은 모르는 거라고
강조했다.

　"이민 준비하는 사람들 카페를 오래
들여다보면 그런 생각이 저절로 들어. 좋은
쪽이든 나쁜 쪽이든 살면서 무슨 일이
벌어질지 모르는 거다 싶고. 이민 규정 바뀌는
거 한순간이잖아. 미리 준비하라고 알려주는
것도 아니고. 거기서 학교 다 나오고 20대 다
바쳐서 준비했는데 포기하는 사람 수두룩해,
그런데 어찌어찌 운이 좋아서 자리 잡았다는
사람은 또 왜 그렇게 많은지."

덕수궁 입구 근방에 다다랐을 때 나는
크림치즈가 듬뿍 발린 와플을 하나 샀다.
달콤한 와플을 한 입씩 번갈아가며 베어
물면서 그는 누가 됐든 먼저 외국에서 자리
잡는 사람이 불러주기로 하자고 말했다.

"로코 좀 봤다 이거지?" 나는 코웃음 쳤다.
"마흔 될 때까지 서로 짝 없으면 구제해주기로
하자. 그거의 기출 변형 아니야?"

"맞지, 맞지. 이 경우는 나이 말고 장소가
중요하다는 걸 기억하라고." 훈이 벙긋
웃더니 마지막 한 입 남은 와플을 내 입에
넣어주었다.

그때까지만 해도 훈훈했던 분위기가
가라앉은 것은 서울시립미술관 맞은편에서
벌어지는 버스킹 무대를 궁금해한 내
탓이었다.

부채꼴로 모여 선 사람은 얼핏 봐도

백 명쯤은 되어 보였다. 한 커플이 자리를 떠나며 "가을 그 자체네" 하고 소근거리는 것을 듣고 나는 훈의 옷소매를 잡아끌었다. 연주자가 가지고 있는 것은 뜻밖에 기타도, 바이올린이나 전자 건반도 아닌 첼로였다. 돌담 너머로 엿보이는 단풍의 빛깔이 유독 고운 자리 앞에 선 그는 수더분한 인상의 남자로 해진 청바지와 어두운 잿빛 코르덴 재킷 차림이었다. 그는 부족하고 변변치 않은 자신의 무대를 이렇게 많은 분들이 즐겨주셔서 오늘을 잊지 못할 것 같다고 말했다.

"오늘의 마지막 곡입니다. 아마 익숙하신 곡일 거예요."

그의 말에 곳곳에서 아쉬움의 탄성이 비어져 나왔다. 그러자 훈의 시선이 주변을 한 바퀴 훑었다. 퍽 냉랭한 시선이었다.

"마지막 곡이라니까 듣고 가자."

내 말에 훈은 입술을 살짝 실룩거렸다. 그는 이런 데서 듣는 음악이야 빤하다는 투였으나 연주가 시작되자마자 나는 걸음을 멈추기를 잘했다는 마음이 들었다. 감미롭고 그윽한 첼로의 음색은 찬바람에 떨다가 따스한 실내로 들어선 순간처럼 연주자와 관객 주변을 감싸고 있는 공기에 즉각적인 온기를 불어넣어 주었다. 연주되는 곡이 〈오버 더 레인보우〉라는 사실을 알아챈 순간, 은은한 미소를 띠고 있던 연주자의 입술이 아치형을 그리며 부드럽게 일그러졌다가 곧게 펴졌다. 그의 표정과 몸짓은 깊은 몰입의 순간을 과장이나 꾸밈 없이 자연스럽게 드러내고 있었다.

잠시 뒤 덕수궁의 담을 넘어 가지를 뻗은 아름드리 단풍나무에서 붉고 큼직한 잎사귀 하나가 떨어져 팁 박스 옆으로 내려앉았다.
마치 오랜 시간 궁 안쪽을 지키고 선 나무도
박수를 보내는 것 같다고 나는 생각했다. 마침
주머니 안에 와플을 사 먹고 남은 현금이
있었으므로 생애 최초로 버스킹 공연을 보고
팁 박스에 돈을 넣어봐야겠다 싶기도 했다. 곧
연주가 끝났고 몇몇이 앵콜을 외치는 가운데
사람들이 박수를 치기 시작했다. 바로 그때 내
귀에 대고 훈이 이렇게 말했다.

"이렇게 반응 좋은 거 같아도 돈 내는
사람 거의 없을걸. 한국 사람들은 보통 그래.
내가 공연 기획 일 해봐서 알아."

그러나 훈이 말을 마치기도 전에
엄마에게 돈을 탄 꼬마와 청록색 등산복을
입은 중년 남성이 팁 박스를 향해 바삐 걸음을
옮겼다. 60대쯤으로 보이는 한 여성은 곧장
연주자 앞으로 걸어갔다. 무릎까지 오는

도톰한 니트 코트를 걸친 그녀는 한 손에 군밤 봉지를 들고 있었는데 "나는 시디를 한 장 주세요" 하고 말하며 일순 착각했는지 돈이 아닌 군밤 봉지를 내밀었다. 먼저 그녀 자신이, 다음으로 연주자가 너털웃음을 터뜨렸고 아직 자리를 지키고 있던 사람들도 따라 웃었다. 그녀는 만 원짜리 지폐 한 장을 내밀고 시디를 받은 후에 덤이라며 군밤 몇 알을 연주자의 손에 쥐여주었다. 나는 그제야 주머니에 있던 1000원짜리 몇 장을 팁 박스에 넣었다.

정말 잘 들었다고 인사를 건네는 내 목소리는 내가 생각해도 우울하게 들려서 연주자가 괜한 오해를 하지 않았으면 좋겠다고 바랐다. 또한 다음 순간에는 그럴 리가 없으리라는 데 생각이 미쳤다. 사람만 한 악기를 준비해온 열정이나 집중할 만한

환경이 보장되지 않는 거리에서 연주를 펼칠
용기가 있는 사람이라면 사소한 일에 지레
오해하고 풀 죽을 리가 없는 것이다. 문제는
그런 열정이나 남다른 재능도 없이 잔뜩
꼬여만 있는 쪽이었다. 다시 말해 훈이나 나
같은 경우. 하물며 그런 둘이 억지로 붙어
다닌다고 한들 서로에게 긍정적인 영향을
끼칠 리가 없었다. 더 나은 곳으로 이끌어줄
수 있을 리가 없었다. 그러니 오늘이 마지막,
이번이 정말 마지막이다 여기며 몇 번을 더
만나는 동안에도 훈은 늘 약속에 늦었고
바쁘다는 말을 입에 달고 살았다.

　　마지막으로 둘이 만났던 날에 훈은 두
시간 가까이 늦었다. 그해 처음으로 낮 최고
기온까지 영하로 내려간 날이었다. 웃풍이 센
카페에서 빈 잔을 내려다보는 내 머릿속에는

마지막이라는 단어밖에는 남아 있지 않은 것 같았다. 마지막이라고 분명히 마음을 먹자 그를 위해서라도 짚고 넘어가야겠다는 생각이 든 나는 나름대로 차분한 어투를 유지하도록 유의하며 입을 열었다.

"이 얘기는 해야겠다. 너도 네가 시간 관리에 문제가 있다는 건 알지?"

훈은 뭔가 대꾸할 말을 찾는 듯 애매한 미소를 지은 채 잠깐 시간을 벌더니 메뉴판 쪽으로 시선을 피했다.

"왜 대답이 없어? 너 항상 늦잖아. 안 그런 날이 없잖아."

훈은 갑자기 말하는 방법을 잊기라도 한 사람처럼 오른 손바닥을 내 쪽으로 펼쳐 보이며 잠시 기다리라는 제스처를 취하고는 자기 음료를 주문하고 왔다. 그러더니 뭔가 다른 대화거리를 찾아보려는 듯 실내의

이곳저곳에 시선을 던지고는 이윽고 입을
열었다.

"여기 좀 춥다."

"있으면 있을수록 더 추워. 그런 데서 난
두 시간 가까이 기다리고 있었어. 네가 또
늦게 와서. 도대체 왜 그러는 건데? 너 어디가
고장 난 거 아니야?"

카푸치노를 받아 가지고 온 훈은
등받이에 기대앉아 팔짱을 꼈다. 아랫입술을
깨무는 그의 자세와 표정에서 완고한 고집이
묻어났다. 분명 마주 보고 있건만 그가 나를
내려다보고 있는 듯한 기분이 들었다. 따라서
내가 원하는 말이 무엇이든 들을 수 없을 것만
같았다. 커피 잔을 들었다가 그대로 내려놓은
후에 그는 건조한 어투로 이렇게 말했다.

"나 그렇게 항상 늦는 사람 아니야."

"아니라고? 미친 거 아니야?"

"같이 알바해봐서 알잖아. 내가 한 번이라도 늦은 적 있었어?"

나는 말문이 막혔다. 여태까지 왜 그 사실을 깨닫지 못했는지 모를 일이었다. 그는 늘 업무 시작 10분 전까지 말끔하게 유니폼을 갈아입고 나왔고, 그러기 위해 15분 전에 매장에 도착했던 것이다. 그의 말대로 한 번도 지각을 하는 것을 본 일이 없었다. 그러면, 까지만 말하고 나는 잠시 숨을 골랐다.

"나 만날 때만 늦는 거였구나. 세상에, 그렇게 나오기 싫었으면 진작 말을 하지."

그의 표정에서는 아니라는 말이 나올 기미가 보이지 않았다. 외려 얼마간 개운해 보이기조차 했는데 허겁지겁 일어나서 그곳을 빠져나왔기 때문에 과장된 기억일지도 모른다. 어쨌든 나는 홧홧해진 얼굴로 뛰어나갔고 그것으로 훈과는 아무런 접점이

없는 사람이 되었다. 그렇게 한 달이 지나고,
한 계절이 지나고, 1년이 지나는 동안 나는
역시 그랬구나, 하고 한숨을 삼키곤 했다.
내가 먼저 연락하고 만나자고 채근하지
않으면 이어지지 않을 관계였던 것이다.
관계라는 말 자체가 성립하지 않는 것인지도
모른다는 생각도 들었다.

친구였던 적도 없고, 사귄 것과는 더욱
거리가 먼, 아무런 관계도 아니었던 사람에게
일방적으로 치대다 제풀에 나가떨어진
처지를 하소연하는 내 모습을 상상하는
것만으로도 구역질이 날 것 같았다. 그래서
나는 씩씩하게 굴기로 마음먹고 다짐을
지켰다. 취업 시장에서는 소소한 자격증을
여럿 가진 것보다 엑셀에 능한 게 낫다는
학교 선배의 조언을 듣고 엑셀을 팠고, 영어
시험들의 점수를 높이는 데도 열을 올렸다.

은하를 만나면 대책 없는 은하 오빠의 얘기를
듣고 달래주었고, 성지를 만나면 거듭된
오디션 낙방을 위로하느라 술을 사고 밥을 해
먹이기도 했다. 그러면서도 훈과 멀어진 일에
관해서는 입도 뻥긋하지 않았다.

　은하에게 전화가 왔을 때 나는 몇 그루의
자작나무를 마주하고 서 있었다. 어른 키의
두 배를 훌쩍 넘겨 뻗은 가느다랗고 창백한
가지는 데크 길을 감싼 다른 나무들과는
이질적으로 보였다. 아직 잠기운을 떨치지
못한 목소리로 은하는 나의 위치를 묻더니
왔던 길을 쭉 되돌아오라고 했다. 공지천교를
건너면 바로 보이는 카페에서 만나자는
것이었다. "커피는 역시 에티오피아 커피지"
하고 덧붙이는 목소리에는 조금 전보다 힘이
들어가 있었다.

핸드 드립으로는 세 종류의 원두를 고를 수 있었다. 나는 예가체프와 하라르 사이에서 망설이다 에티오피아의 축복이라고 불린다는 설명에 이끌려 하라르를 골랐다. 하지만 단정한 느낌을 주는 하얀 잔에 담긴 커피를 한 모금 마시자마자 평소처럼 예가체프를 고르는 게 나았을 거라고 아쉬워했다. 빈속에 마시기에 부담 없는 부드러운 맛이었지만 내 취향보다는 조금 둔탁한 느낌이었던 것이다.

"입에 안 맞으면 내 거랑 바꿔 마실래? 난 사실 커피 맛 잘 몰라." 은하가 자기 잔을 내 쪽으로 밀어주며 물었다. "얼마나 걸었어?"

"삼사십 분쯤 걸었나 봐. 안 그래도 너무 갔다 싶어서 네 전화 받기 전부터 되돌아오던 참이었어."

예가체프가 든 잔은 향긋한 화사함을 품고 있었다. 멍한 머리와 몸을 작동시키기

위한 연료로써가 아니라 맛과 향을 즐기는
모닝커피가 가진 위력을 느끼며 나는 통창
너머로 시선을 던졌다. 카페 건물이 유원지와
이어져 있는지 창 아래로 오리 배들이 줄지어
있었다. 그중 몇몇 오리의 머리에 놓인 황동색
왕관 위로 호수에서 반사된 빛이 어른거렸다.
어떤 오리는 왕관을 썼는데 왜 어떤
오리에게는 없을까. 기준이 뭘까. 나는 알
수 없었다. 은하는 일렬로 늘어선 오리 배의
모습이 마치 긴히 궁리하는 바가 있어 머리를
맞대고 있는 것 같지 않느냐고 말했다.

"그래? 쟤들은 뭘 고민할까?"

은하가 주문한 예가체프를 축내며 내가
눈치를 보자 은하는 신경 쓸 것 없다는 듯
웃으며 자기 잔과 내 잔을 아예 바꾸어줬다.
그러더니 주로 고민할 법한 문제는 누구나
별반 다르지 않으리라고 대꾸했다.

"어디로 날아갈까, 그전에 점심에는 뭐 먹고 갈까 하는 거겠지."

은하는 어젯밤에 잠들기 전부터 오늘 아침 메뉴를 정해두었다고 했다. 어제 탄 택시에서 청국장에 관해 들은 후에 내가 씻는 사이 청국장이 맛있는 식당을 찾아본 것이었다. 그곳은 두부조림도 호평인 모양이었다. 계획대로라면 따끈한 아침 식사를 하고 함께 걸으며 소화를 시킨 다음에 점심으로 막국수랑 수육을 먹으러 갈 텐데 늦잠을 자느라 함께 한 끼 식사를 할 여유밖에 남지 않은 게 아쉽다면서 은하는 입맛을 다셨다.

"그래도 며칠 만에 푹 잔 거 아니야?"

"그건 그래." 은하가 대꾸했다.

"그게 제일이지 뭐. 악몽은 안 꿨고?"

은하가 고개를 끄덕였다. 그런 다음 예의

두부조림 사진을 보여주었다. 납작한 냄비
가득 층층이 쌓인 뽀얀 두부를 자박하게 감싼
국물의 빛깔만 봐도 입안에 침이 고였다. 한
가지 마음에 걸리는 게 있다면 은하가 매운
음식을 즐기는 편이 아니라는 사실뿐이었다.

　"여기는 보기보다 안 맵대. 자극적인
매운맛이 아니라 가정식에 가까운 담백한
매운맛이래." 은하가 누군가의 평을 전하더니
싱긋 웃었다. "이렇게 빨간 음식 가지고
담백하다고 하는 말은 우리나라밖에 안 할
거야, 그치?"

　"그러게." 나는 동의하며 사진 속 나물
반찬을 가리켰다. "이 돈에 이렇게 손 많이
가는 반찬이 몇 개씩 딸려 나오는 데도
없겠지."

　살짝 식은 커피에서는 처음 마셨을
때보다 조금 더 온화한 맛이 났다. 은하는

시각을 확인하더니 이제 슬슬 일어나야
자리를 잡을 수 있으리라고 말했다.

"그럼 이 앞에 있는 다리까지만 갔다가
가자. 호수 배경으로 사진 찍어줄게."

공지천교의 한가운데에서는 내가
오늘 아침에 걸었던 길과 어제 우리가
케이블카에서 함께 내려다보았던 풍경이
한눈에 들어왔다. 거기에 섰을 때 은하는
프레임 안에 들어가기보다 풍경 사진을 찍는
편을 택했다. 사진 속 하늘과 호수의 빛깔은
실제보다 더 푸르렀고, 호수 건너편에 위치한
레고 랜드의 전망대는 짧은 선처럼 보였다.
사진으로만 본다면 전봇대나 가로등이 찍힌
것으로 여길 법한 모습이었지만 맨눈으로
보는 전망대는 그보다 좀 더 존재감이 컸다.
등지고 선 산봉우리와 맞먹을 듯한 높이로
길게 뻗은 데다 원통형의 건물 전체가

노랑과 녹색, 빨강의 또렷한 색감을 가지고
있기 때문이었다. 알록달록해서 요술봉을
연상시키지 않느냐고 은하는 말했다.

"그러네. 저렇게 큰 요술봉을 휘두를 수
있으면 난 일단 이직부터 시켜달라고 할 거야.
넌 뭘 빌래?"

은하는 내 질문에 가벼이 한숨을
쉬더니 지금 시점에서는 고민할 게 없다고
떠오르는 게 한 가지뿐이라고 했다. 나는
아, 하고 고개를 끄덕이며 더도 말고 시간을
단 며칠만 되돌릴 수 있다면 막을 수 있을
일에 관해 생각했다. 굳은 듯 꼼짝 않고 선
은하의 입에서 한 번 더 길고 나직한 한숨이
새어 나왔다. 나는 은하의 팔에 팔짱을 꼈고,
우리는 이내 걸음을 맞춰서 밥집으로 향했다.

건물의 뼈대를 올린 고층 아파트
공사장에서 묵직한 쇳소리가 울렸다. 공사장

뒤편에는 컨테이너를 엇갈리듯 잇고 쌓은 가건물이 작은 단지를 이루고 있었다. 청년몰이라는 간판이 보였지만 공방이나 기념품 판매점으로 쓰였던 흔적이 보일 뿐 방치된 모습이었다. 한때 저곳에 모였던 이들의 기대감은 어디로 흩어져 버렸을까. 나는 그 말을 입 밖에 내지 않고 걸음을 옮겼다. 횡단보도 저편에서 깜빡이는 파란불을 보고 은하가 뛰기 시작하여 나도 함께 속도를 냈다. 은하는 밭은 숨을 내쉬며 거의 다 왔다고 말했다.

"아쉽다. 오늘 너 일찍 가야 되는 거 알면서 너무 늦잠 잤어. 조금만 더 일찍 일어날걸."

"오랜만에 푹 자느라 그런 거니까 다행이지 뭐. 여기 가깝잖아. 내가 금방 또 올게."

"그래도 막상 기차 타고 오려면 멀
텐데……."

은하가 말끝을 흐리며 식당 문을 열자
갓 지은 밥과 펄펄 끓는 찌개와 따끈한
보리차 냄새가 한데 섞인 공간이 나타났다.
남은 자리는 두 테이블뿐이어서 은하는
시간을 맞춰 다행이라고 안도했다. 청국장과
두부조림을 주문하고서 나는 은하에게 내가
사는 곳에서 여기까지가 마냥 가깝지는
않지만, 휴일이면 얼마든지 훌쩍 찾아올 수
있는 거리라는 사실을 강조했다.

"너 있는 동안에 시드니 한번 간다고 하고
못 간 거 여기에서 벌충할게. 시드니에 비하면
춘천은 지척이니까 자주 올 거야. 성지랑도
같이 오고."

"그럼, 그때 막국수 먹으러 가면 되겠다."
은하가 빙긋 웃으며 반겼다.

"좋지." 나는 물 잔을 건네며 대답했다.
"별일 없이 잘 있는지, 이제 서로 자주 좀
들여다보고 살자."

작가의 말

이 소설을 쓰는 동안

누군가를 다시 만나는 일
어딘가로 또다시 향하는 일
그리고
되돌아오는 일에 대해

예상치 못한 화해의 가능성과
오래도록 바라던 작별의 기회에 대해

자주 떠올렸습니다.

공지천 근방과 덕수궁 돌담길에서 온기를
나누어주신 분들께
춘천에 동행해준 반디에게
섬세한 코멘트로 힘이 되어주신
곽선희 편집자님께
감사의 인사를 전합니다.

2023년 가을

은모든

- 26

감미롭고 간절한

초판 1쇄 인쇄 2023년 8월 25일
초판 1쇄 발행 2023년 9월 13일

지은이 은모든
펴낸이 이승현

출판2 본부장 박태근
스토리 독자 팀장 김소연
편집 강소영 곽선희 김해지 이은정 조은혜
디자인 이세호

펴낸곳 ㈜위즈덤하우스   **출판등록** 2000년 5월 23일 제13-1071호
주소 서울특별시 마포구 양화로 19 합정오피스빌딩 17층
전화 02) 2179-5600   **홈페이지** www.wisdomhouse.co.kr

ⓒ 은모든, 2023

ISBN 979-11-6812-727-2 04810
      979-11-6812-700-5 (세트)

값 13,000원

한 조각의 문학, 위픽 (wefic)

구병모 《파쇄》

이희주 《마유미》

윤자영 《할매 떡볶이 레시피》

박소연 《북적대지만 은밀하게》

김기창 《크리스마스이브의 방문객》

이종산 《블루마블》

곽재식 《우주 대전의 끝》

김동식 《백 명 버튼》

배예람 《물 밑에 계시리라》

이소호 《나의 미치광이 이웃》

오한기 《나의 즐거운 육아 일기》

조예은 《만조를 기다리며》

도진기 《애니》

박솔뫼 《극동의 여자 친구들》

정혜윤 《마음편해지고 싶은 사람들을 위한 워크숍》

황모과 《10초는 영원히》

김희선 《삼척, 불멸》

최정화 《봇로스 리포트》

정해연 《모델》

정이담 《환생꽃》

문지혁 《크리스마스 캐러셀》

김목인 《마르셀 아코디언 클럽》

전건우 《앙심》

최양선 《그림자 나비》

이하진 《확률의 무덤》